A Young Fellow

A仔故事

里则林 —— 著

浙江出版联合集团
浙江文艺出版社

太阳即将下山，
遗憾的是，我们无法背对黄昏。

目 录

preface

- 自序 -

17岁的高中课堂上，我总是坐在教室的最后一排，用笔在保护视力的双行本上，密密麻麻地写一部奇怪的小说。

有一天我的同桌问我在写什么，我把本子递给了他，于是他成为了这个故事的第一个读者。后来高中毕业，大学毕业，开始实习，工作，创业，还出了第一本短篇集《像狗一样奔跑》，但我始终没有想起这部小说。

某一天，我回家整理床头柜，看到了那五六本压在最底下的双行本，八九年没碰过，一层厚厚的灰。打开细细阅读，才想起许多年前，无数个沉闷的课堂上，少年时期的我是如何盯着窗外茂密的树木和广阔的天空，然后写下这部既现实又荒诞的“我小说”的。

那之后几天我把它誊到了电脑上，又发给了别人，才有了现在这本书。

所有少年时对世界的好奇、渴望、想象，都藏在了一字一句中，像是一个简单的少年旅者，而他旅行的地方叫做“生活”。他看到的不是高山远海，只是形形色色的人而已；最后留着的那股“浅浅的深情”，像是爱着又必须告别一样。

少年如同朝阳，但当太阳下山，满世界的红霞余晖时，我们却无法背对黄昏，无法阻止时光前行、岁月变迁。

关于书名纯粹是直接用了主角的名字，反正《像狗一样奔跑》之后，起什么书名都不用再做心理建设了。

阅读愉快!

里则林

2016年7月13日

chapter 01

我的故事要从海湾战争说起。

我还在娘胎里的那年，萨达姆已经毅然决然地将数以万吨计的原油倾倒进了波斯湾。当时作为一个胚胎，基本上是不关我的事的。就算我还只是个精子的时候，为了出生要全力游泳，也不用途经波斯湾。

但是这次国际事件，因为轰动了国际，也轰动了我妈，导致她怀胎期间不敢吃鱼——无论河里的还是海里的——因为我妈觉得全球的水是循环的。所以我妈一直觉得对不住我，怀胎期间不吃鱼，她认为会让我智力低下。

我出生那天，天空没有飘来一朵祥云，也没有电闪雷鸣，连狂风大作都没有。唯一与众不同的就是我是个早产儿。医生抱着我摇了摇头，据说是呼吸微弱，并且需要保温箱。我生在一家县级医院，没有热水，没有保温箱，没有一切本该要有的东西，甚至没有装修好。

爸爸觉得我生在战争的年代，虽然战争不是在我们的国度；然后我还要不安分地提前出来，觉得我日后估计会做将军。所以仅此一点微弱的信念支撑着我爸，决意驱车前往市级医院。

市级医院的医生抱着我也摇了摇头，我的外婆和奶奶都潸然泪下。我爸果断掏出几张百元大钞，对医生说：试试。

于是奇迹发生了。在我被放入保温箱之后，过了一会儿，我哭了，虽然声音微弱。这次连我爸都潸然泪下了。

在我的幼儿时期，大家都很紧张，因为早产儿不是畸形就是弱智。我没有畸形，于是大家判定是弱智。

不过后来我也没有变成弱智，只是不太聪明而已。

我从小就叫A仔。

我不知道自己为什么有个中英文结合的名字，没有人告诉我，我也没有问过任何人。我一直认为也许这名字联系着某种命运，从此心比天高，觉得自己绝非池中物。

当我想明白这点后，就再也没去过我家院子的水池里玩水。

若干年后，我已经远离被少年时期记忆堆满的家乡。某天我喝得烂醉如泥，坐在江边，用力地扯了扯顶在喉结的衣领。拿出电话，对着电话怒吼：

每天起床一次，洗脸两次，吃饭三次，找了个体面的工作，看着女同事的胸部发呆一天又一天，等单位发了套房子，从此再不挪窝对着电视看着摆钟听着儿女的抱怨数着存款对着账本，抱着老婆直到没了生理反应吃六味地黄丸也无济于事，女同事胸部也下垂了再没有了看头也该退休了，领着社保早上太极中午睡觉晚上遛狗半夜起床喝急支糖浆缓解咳嗽，老得不行了还没人在身边陪着，一个人拄着拐杖形单影只弯腰驼背表情纠结，最后某天开个追悼会挂张或微笑或淫笑的黑白照在墙上，留给子孙后代围观，就这样过完了一生。

电话沉默不语。

吼出上面这段几乎没有停顿的话，让我想起了少年时期和一位好朋友在某个地方听过的一段朗诵：蓝蓝的天上小小的鸟，青青的河里小小的鱼；鸟儿永不停歇地飞翔，却到不了天的尽头；鱼儿永不停歇地遨游，却跃不出窄窄的河床……

我想这些青葱岁月终究还是敌不过匆匆岁月的。

chapter 02

我所在的那条村，在那一带比那条村所在的那个镇，更出名。

这都源于我六岁那年所发生的一件事。

我有个堂哥叫刘世业。刘世业之所以叫刘世业，是因为我的伯父曾经幻想他的儿子以后可以做一番传世的伟业，只是很不巧中了谐音，所以刘世业毕业以后一直失业。

那年的那天，村里以刘世业为首的四位80后青年开着两辆摩托车在回村的路上狂飙，邻村的一个小青年骑着辆铃木王迎面狂奔而来，并且风尘仆仆。刘世业和他相交而过，没开出几米，便发现自己心爱的坐骑右边的后视镜不见了，按照堂哥刘世业自己的说法是：我瞬间爆了。一转车头追了上去，超过那辆车以后一个突然的甩尾，横在邻村小青年面前，坐在身后的同村小兄弟直接被甩飞了出去。

刘世业一直以为自己已经到了人车合一的地步，只是没料到把自己的好兄弟甩飞了出去，多少有点尴尬。邻村小青年被突如其来的车子吓了一跳，对横在面前的刘世业很是不满，而且又看到有个人飞下来挑逗他，便不由自主地骂了一句。

刘世业告诉我，在那一刻，他觉得全村人民都在看着他。于是仿佛在全村人注视下的刘世业将矛盾升级为了冲突。邻村小青年还没来得及下车，就被四个一拥而上的年轻人打翻在地。刘世业毕竟读过几年书，大吼一声：骂我者如这厮乎！

被甩飞的那位突然大喊一声，一辆邻村的面包车正从后面开过来。刘世业他们四人两辆车一眨眼已经开走了。面包车紧追不舍。路边围观的群众都在紧张地关注着这场角逐，谁也不敢妄下定论，究竟是二轮甩掉四轮，还是四轮追到二轮。更有甚者，还一路热心地开车尾随这三辆车，想看看最终的结果。路边修车行的陈伯还不无惋惜地对身边几个老太婆说：那几个年轻人原来要是把车开来我这里保养改装一下，胜负早就已经定了。回去告诉你们孙子，犯事之前，要改车啊。

刘世业把挡位挂到最高，油门扭到最大，一下子冲过了村后的危桥，然后两辆车逐渐减速，慢慢停了下来。面包车只能隔桥观望，毕竟面前是座危桥。

于是刘世业带头捡起地上的石头砸向面包车。这些家有四轮的青年何尝在这么多人面前受过这种侮辱？在他们四个人砸了几下之后，五六个人从面包车里下来，暴打了刘世业他们，然后开着面包车走了。

我们村出了名地团结，一听到这消息，顿时群情激奋，于是在老村长的呼吁下，出动了四百多人，男女老少皆有，去包围了邻村的村委办公室，让堂哥他们涂着红药水，包着纱布，垫着棉花，站在最前面。办公室门窗紧闭，村民们在门口破口大骂，见没有一个人出来解释和道歉，愤怒之下，村民们将办公室的窗子全部砸烂了。村干部们顿时软了腿，村长找来了开面包的那伙人来赔礼道歉，我们村的村民和村长这才觉得有了面子，逐渐散去。

此事从此一传十，十传百，邻近的几条村都觉得我们村是个英雄辈出的地方，很多婚龄女子以嫁到这条村为荣，觉得这里生出来的人都要有出息些。

这些故事我从那些亲身经历的人口中得知，而堂哥刘世业更是对我讲了十几遍，特别是自己追车与被追的那段，还常常对我感叹，那可能是他这一生唯一一次人车合一了，还告诉我开车只有开到一定境界才能有这种体会，一种不是用手、而是用心开车的体会。虽然整个故事每次讲述时都有点出入，但是这段永远是一模一样的。

我听得云里雾里，对堂哥充满崇拜，时常想象自己在开车，并且不是用手，而是用心。

chapter 03

我们村里有一所学校，开设了小学和初中，本来要增设幼儿园，只是没人来读，后来就放弃了。这所学校多年前由一个香港人兴建，算是希望工程。没翻修前，刮大风时教学楼的阻力很小，因为墙上到处是洞。外面下大雨时，里面的学生就兴奋地在教室里打水仗，搞得课没法上。后来那个香港人的儿子又回来出钱翻修了一次。

老村长将这善良的两父子的名字刻在了一座石碑上，然后在校门口堆起了一堆土，硬生生地将石碑插进了土堆里。我和同学们每次经过都要向着石碑拜两下，因为我们都以为这两个人是已故伟人，将他们的墓放在校门口激励大家学习，也仿佛在告诉他们两个：你们在天有灵，所兴建的学校走出了一批又一批的优秀学子。

最后似乎连老天都看不下去了，一个雷雨交加的夜晚，一道雷劈掉了那块碑。

chapter 04

我十五岁那年和村里一批同学升高中了。每年从村里学校毕业到镇上去上高中的，村里人都对他们寄予厚望。在开学那天，老村长都会带着大家夹道相送。那天我背着书包，在后背与书包的缝隙里横插了一卷草席，提着水桶。天还下着蒙蒙细雨，此情此景，母亲红了眼睛。

老村长对我特别器重，因为在一次学习会议上，老村长问大家的志向是什么，我站起来大声地说:“做村长!”一副有担当的样子。

老村长当时一愣，用赞赏的目光看了我很久，从此对我十

分器重，一直将我视为日后的接班人。

老村长对我交代了几句，校车就来了，等待的学生们一拥而上，拉着两边车窗沿，不等司机踩刹车，车子就被硬生生地拉停了。学生们从前门、后门、车窗蜂拥而入。

送行的村民们都在窗外大声地叮嘱着儿女。什么回来的时候母猪可以杀了，抓到老鼠别再拿火烤了之类的。母亲也在人群中大声地叮嘱着，只是我根本听不见。司机看人上得差不多了，还心有余悸，一踩油门便把车开走了。大家都把头探出车窗外，和亲人挥手道别。

看着后面的母亲和老村长，还有一栋栋倒退的民房，多少有些不舍。老村长驼着背站在那里，很显眼。

chapter 05

老村长叫阿驼，特点就是背很驼。其实阿驼曾经也是直过的。年轻的时候，老村长是几个村少女暗恋的对象。有一年，连续暴雨，有位村民赶着一头牛过桥。当时正值汛期，一股洪流向桥上冲来，村民跑得快，而那头牛却被冲进了河中。阿驼在后面看得一清二楚。当时的他正值青春期，血气方刚，一甩挎包，扑进了洪水之中，不到一秒就无影无踪了。那位村民当场晕在了桥头。

连阿驼的老父亲都以为自己儿子就此牺牲了。直到两天后的下午，一位邻村的阿婆在下游的河滩上洗衣服的时候发现了他，抱着一头牛。不知道到底是牛救了他还是他救了牛。他没死，牛也没死。

当阿驼牵着牛出现在村口的时候，全村人无不惊讶，而那头牛的主人一下欣喜过度，当场又晕倒了过去，后来不久便死了。

从此人人都夸阿驼的妈生了个好儿子，家里有女儿的经常都向其暗示许配婚嫁的事，阿驼的妈只是一概回答“还小还小”，心里想着自己儿子将来是要娶城里姑娘的。

在那段交通全靠腿、传播全靠吼的岁月里，阿驼的故事却依然传遍了邻近所有村镇。阿驼每天忙着奔走于各村和镇上做“洪水救耕牛”的报告，以一个舍生忘死的救牛英雄的身份向大家传播什么叫做人民的财产高于一切。

“洪水救耕牛”的事迹使当时的青少年争相模仿，“井口救幼儿”“泥潭救土鸡”甚至“柴火堆里救草纸”，总之是人民的财产都救。更有甚者，一见有牛在水塘中，二话不说就扑了过去，吓得牛跳出水塘狂奔。搞得后来村民们在放牛喝水洗澡时，都要先观察周围是否有正值青春期的青少年。

只可惜阿驼运气不好。有一日他和同村的同学在别人家里吃饭，外面狂风暴雨，电闪雷鸣。阿驼端着饭碗靠墙而立，谈笑风生。一声雷鸣过来，阿驼整个人冒着烟扑倒在了地上。同学们一丢饭碗，全部挤到桌底床下，全身发抖，抖到全身出汗也没人敢动一下。

阿驼终究命大，洪水电击都没死，只是从那天起，阿驼就变成了阿驼。整个背部严重向下弯曲，并且头永远都向左偏了大概四十五度，右边成了他今生最大的盲区。村里有个调皮的小孩在阿驼的右后方拍他的头，阿驼行动不便，小孩从早上一直拍到中午都没让阿驼看到是谁。老人们每每说到这里就为阿驼感叹，而我为那小孩感叹。

chapter 06

我挤在车上，草席夹在两腿之间，直挺挺地竖着。我若有所思地看着窗外。

突然旁边传来一个沙哑的声音：“不就离开家嘛，有什么好忧郁的？”

吓得我两腿一松，草席仿佛不再坚挺，倒在了地上。

我把草席重新夹在两腿之间，往旁边一转，发现一个脸比锅底还黑的人，胡子稀疏，在嘴唇上方遮遮掩掩的，长得根本不成体统。

我尴尬地笑了笑：“还好吧。”

随后就听着他从出生那天万里无云讲起，一直到小学被老爸吊起来打，然后初中毕业，最后出现在这辆车上，并且得知他叫老狗。

我顿时心里感觉很是亲切，毕竟找到一个名字和我差不多，甚至比我还丑的人。

到了学校才知道，我们在同一个班，并且同一个宿舍。老狗笑嘻嘻地说：我们坐同一辆车，在同一个班并且同一个宿舍，这就是缘分。

最后我们得知，高一就只有一个班，一个班两个宿舍，一个男生，一个女生，每个宿舍四十多个人。

我们走进宿舍，一开门，有只死老鼠躺在门口，很安详，老狗很冷静地判断没死多久。一抬头，一幅不知道是什么风格的巨画贴在房顶。老师告诉我们是给新生准备的，是学校的地形图。地形图中间是两个鲜红的大字“操场”，操场两边各有两个不大不小的长方形，左边的标记着“宿舍和食堂”，右边标记着“教学楼”。两个长方形顶端的中间，操场的前方写着“校门”。

老师随手关上了门，指了指门上一幅彩照，说：“这是我们校长，你们自己放东西吧。”

我往照片看去，看到一个中年男子，穿着一身浅蓝西装，红领带，头发梳过但还是乱，笑得很严肃，就像当年投降的敌军俘虏的登记照。照片在嘴角的位置有一个黑框，框里写了一行字：你忍心蹉跎岁月吗？

我不忍心再看下去，打量了一下宿舍，发现确切来说宿舍其实只有两张床，一张床有一个宿舍那么长，就是屋内两边各一条长长的水泥板，高出地面六十厘米左右，中间一条过道。估计每边能睡二十来个人。

我们挑了床位——床位其实仅仅是你在这块大板砖上选择了哪一个地段而已。我和老狗选了靠窗的位置。

chapter 07

晚上六点多的时候，新生们都到了教室。有个热情的同学上来问老狗：“有Q吗？”

“什么Q？”

“QQ啊。”

老狗勃然大怒：“要吃QQ糖自己买去！”

热情的同学不再言语，尴尬地笑了笑。

我此时感觉坐在老狗旁边有点窘迫，因为一般人的思想是，土包旁边的一定也是个土包。

我们坐在最后一排。老狗明显是早期发育，身材高大，然而我激素分泌不够旺盛，坐在最后一排上课基本上只能擦汗。

七点的时候，班主任走了进来。穿着短袖白衬衫，黑色短裤，袜子几乎掩膝，一双皮鞋，头发明显认真打理过，中分分得很分明，中间一道白色头皮就像斧砍刀劈然后打磨过一样，意气风发。

班主任站在讲台上，亢奋地喊了一声："好一批青春！"

下面鸦雀无声。他自我介绍姓史，名秦寿。全班女生顿时心寒，毕竟落入禽兽之手不是她们想的。

史老师看着下面沉默的同学，心里很得意，觉得自己的名字镇住了大家，露出了一个没有破绽的笑容。接着开始讲述自己如何从一个城市中的有为青年，高考失败，自杀未遂，被恩师开导，然后勉强接受了师范学校，并成长为一个老师的故事。过程中两眼放光，按他自己的话来说：失败不可怕，可怕的是不能接受失败。

坐在前排的同学如逢甘露，不断用纸巾擦拭自己的脸和头发，避免史老师的口水被皮肤吸收进去。最后大家都明白了：上史老师的课不可怕，可怕的是不得不坐在前排。

不知道讲了多久，最后老狗估计实在扛不住了，打了一个起码五秒的哈欠，全班的目光都锁定了老狗。老狗有点不知所措，小声问我："我发型乱没？"我不知道怎么判断：看似中分，但又不是中分；说是自然凌乱风格，但偏偏头发中间又隐隐约约有条深沟。我只能摇了摇头。

老狗自信地转过脸去，看着老师。史老师问："这位同学叫什么？"

老狗一下子站起来："老师，我叫王一牛！"

"还真是一牛啊。"史老师看了看老狗的身形，赞赏地说。

chapter 08

在开学的一个月里，我和老狗几乎听完了史老师所有关于青春的羞涩故事，最后我们总结出来，人如其名。

史老师在一节课上曾经绘声绘色地讲述了他年轻的时候追求一个女孩子的故事，那女孩最后不堪重负，告诉史老师：我怕跟了你，以后恐怖片不受欢迎了，你就失业了。史老师问为什么这么说，女孩告诉他：因为你拍恐怖片都不用化妆，浑然天成。

史老师就在那一年放弃了城市的生活，决定来到镇上做老师。

后来史老师的故事渐渐讲完了，讲课的重心开始从青春转移到了课本。

一个学期过了一半，老狗每天睡，我热的时候在后面擦汗，不热的时候睡觉。偶尔听一下老师在讲什么，然后奋力地抬头，扫视上百个后脑勺一圈，发现还是看不到黑板。

班上有个女生，坐在老狗前面，每天什么都不做，只是一直抱怨，从自己用的圆珠笔到教室里的课桌椅、食堂里的锅碗瓢盆。并且不是默默抱怨，而是一直小声地、有节奏地抱怨，时不时还唉声叹气。老狗在一次英语课上睁开迷糊的眼睛，听到她在抱怨自己的英语书，小声问她："有没有是你看得顺眼的？"

"没有！这里的什么我都看不顺眼！"

老狗把头伸到前面，睁大眼睛看着她说："信不信我把你舌头割下来？眼睛挖出来？"

那女生被吓愣了很久。

此后那女生只是嘴唇不停地抖动，开始了无声的抱怨。

我突然想起父亲的话：当年我不会说普通话，和别人交流都是靠笔写。现在不会英语，就像当年不会普通话一样，还不能靠笔写。

我想象着父亲当年去和别人交流的样子，在纸上写一行字：我想拉屎，厕所在哪里？那人用手指了指方向，正准备走，却又被父亲拉住，然后端端正正地又在纸上写了两个大字：谢谢。

每晚回到宿舍，我都尽力打开窗户，希望能有点清新空气进来，但几乎是妄想。总体来说，一般人走进宿舍就等于自取灭亡。过道里摆满了桶，每个桶里都有几天没洗的衣服和袜子。经常是某位同学一早起来没找到袜子，就把手伸进自己的桶里翻几下，摸出一双白里透黑或者黑里透白的袜子，甩两甩，就穿上了。

那年期末考试，英语老师鉴于班上有老狗这样的人，所以选择题只设置了三个选项，ABC。只是老狗在考试的时候没有看题，直接在写答案的地方全部选了D。老师的出发点本来是照顾以老狗为原型的人，却让老狗得了零分。老狗总分倒数第一，我倒数第二。

chapter 09

那年回家过年时，父母每天拿着成绩单唏嘘感叹，这样一个画面就像那些年代久远的黑白电影。不争气的儿子坐在院子里忐忑不安，父母不断唉声叹气。严厉的父亲时不时拿着成绩单向儿子走来，欲言又止，跺了跺脚一甩头回到大厅里抽闷烟，而母亲只是红着眼睛默默摇头。

但是这些并没有影响刘世业带着我看完了镇上放映厅里放的所有黄色电影。

春节的时候刘世业摔了车，迈表都甩飞出去十几米，刘世业左手骨折。那段时间的刘世业比较失意，每天吊着打了石膏的左手，右手则像古人读书的时候一样，拿了本在地摊上买来的《铁骨铮铮采花贼》。书看完的时候，他的左手也康复了。

春节过后，新上任的镇领导要来村里拜访慰问考察。老村长安排人在村口拉了一条横幅，制作横幅的是村里的阿金爷。阿金爷几乎不识字，但却能模仿别人写一手好字。阿金爷认认真真地书写了十个大字在方格纸上，“欢迎镇上领导亲自慰问”。只是交到贴横幅的村民手里时，村民发现只能贴下八个字，于是发挥了一点主观能动性，减少了两个字。根据他的文化水平，他是这样想的：亲自可以由一个“自”来代替，慰问是可以去掉“问”的。

所以村口横幅赫然出现了八个大字，“欢迎镇上领导自慰”。

当领导一行风尘仆仆地到达村口时，一支村民自主组建的乐队不负众望地演奏了一首《难忘今宵》。而领导看到横幅时，顿时僵住，但仍然对周围群众保持微笑。老村长带头握手致意。

在领导考察完后不久，镇上传来消息，我们村被评为“前卫文化村”。全村人民欢欣鼓舞，镇上一些青年认为自己厚重凌乱的大金发，紧到可以数出身上有多少根肋骨的衣服，裤裆差点和膝盖平行的裤子终于得到了群众的认可和赏识。

全村人民自此变本加厉，老村长带头穿西装配白跑鞋，沙滩裤配皮鞋，袜子还要过膝。全村上下被一股狂热的前卫风席卷。无论男女老少，脸上都多了一份世界因我而精彩的自信。

刘世业也不是省油的灯，把摩托车从头到尾大小不等地喷上了二十六个字母，身上起码挂了五公斤的铁链，还告诉我，这叫朋克。

老人们都感叹，年轻真好。

chapter 10

在高一下学期的某段时期里，我和老狗一起逃课时认识了一个混混。这个混混的特点是很混，从头发到胡碴到眼神。混混有个充满江湖气息的名字——阿拳。在镇上不读书的孩子几乎都跟着阿拳混。

据说当年阿拳也是做过学生的，只是天性懒惰，加上家族遗传不学无术的基因很严重，让阿拳在学校度日如年，只能每日泡在网吧。

直到某日，阿拳浏览一个网页时看到各国男人生殖器长度统计，看到了一个数字，十六厘米。激动之下拿着把尺子去了厕所，出来之后终于看透自己身无长物。从此便开始了自暴自弃，从抢小孩子钱到开摩托车故意蹭别人车然后敲诈钱财，在那一带几乎无恶不作。后来老狗上网找过，发现十六厘米是法国人的，不是中国人的。经常对我感叹，如果他当初浏览网页的时候往下拉一拉，看到韩国的和日本的，估计阿拳现在还在学校。

阿拳每天带着我和老狗出入各种酒吧歌舞厅。阿拳的女朋友很多，时不时就换一个，而阿拳的前女友也会时不时地出现在阿拳的兄弟身边。

这些女的大部分都穿着暴露，表情妩媚，擅长玩骰子，个别的还要抽烟。

记得在某个下午，我从学校出来找老狗和阿拳的时候，他们手上各夹着一支烟，打着电动。这是我第一次见到老狗吸烟，时不时还伴随着咳嗽。老狗扭头看了看我，又继续打游戏。

我突然头脑发热，把老狗拉到一旁，叫老狗教我吸烟。老狗从烟盒里拿出了一支烟，问我："你真的要抽？"

我点了点头："让我试一下什么感觉。"

老狗看了我很久，把烟塞了回去，跟我说："你叫别人教吧，我不想。"转身又进了游戏厅。

当晚一起吃饭的时候，我喝了两杯啤酒，脸开始发烫。我从阿拳的碗旁边拿过烟盒，抽出一支点燃了就开始用力吸。一口烟经过口腔进入喉咙的时候，我只觉得整个胸口被什么封住了一样，呛得我不断咳嗽和流眼泪。

阿拳和旁边的女孩子，还有几个一起吃饭的都大笑起来。我尴尬地瞄了一下大家，看到老狗默默地看着我，没有笑。

chapter 11

后来，阿拳换了一个女朋友，叫小曼，这是我见过和他在一起最久的女孩子。小曼不吸烟，不暴露，表情不妩媚，不会玩骰子，什么时候都淡淡地笑。

小曼渐渐成了我和老狗的女神，意淫的对象。只是她是阿拳的女朋友，我们只能每天干看着。我和老狗从来都没有交流过这个想法，但是我们心照不宣。

小曼在镇上另外一所学校，每天阿拳一个人骑着车在放学的时候去接她，然后晚上送她回家。我一直觉得小曼应该是家教很严的女孩子，如果她父母知道她交了男朋友，而且还是一个镇上出了名的混混，会作何感想呢？阿拳后来告诉我和老狗，现在的女孩子都喜欢浪子，有江湖气息的男生。因为她们家教太严，在学校生活太枯燥，就容易被他这样的吸引。

记得有一次我和小曼聊天，小曼告诉我，女孩子会经历三个阶段：第一个阶段是幼稚的时候，喜欢帅哥；第二个阶段不太幼稚了又正好处在叛逆期，喜欢有性格的、带点浪子气息的帅哥；第三个阶段成熟了以后，喜欢稳重的成熟男人，帅不帅已经不列入考虑范围了——因人而异，但基本上八九不离十。

我问她怎么知道这些。小曼告诉我，是她姐姐告诉她的，她说她已经到第二个阶段了。

那段时间，我和老狗每天晚上回到宿舍，聊天聊到三四点钟，临睡前一起意淫一下小曼，然后才睡觉。白天在教室又继续补觉，老师基本上当我们不存在。下午放学的时候就出去找阿拳。

在一次吃完饭后，我和老狗走在回学校的路上，老狗问我："还有钱没？买包烟。"我摸了一下口袋，还剩四块，我说："抽红梅吧。"老狗摇了摇头："你在这里等我。"我伸手递给老狗四块钱，老狗摆摆手不要。

老狗往街角走去，转了个弯，我隐隐约约看到老狗在转弯处的小卖部要了包烟，然后拿起来转身就跑。小卖部的阿姨在后面大喊大叫。

我看着老狗从街角一路狂奔而来，脸上带着笑容，时不时还转身看看后面，不知道为什么我心里有种莫名的激动。但也是从那时候开始，我突然觉得老狗好陌生。

老狗和阿拳就经常这样，从跑烟到跑饭到跑三轮车。

chapter 12

阿拳在镇上租了个房子，我偶尔不回学校，老狗却已经完全不回学校了。

在出租屋里，老狗和阿拳还有另外几个人，每天对着不知道哪里弄来的几台电脑。过个几天，阿拳的卡里就会有钱。然后大家出去吃吃喝喝，出没于各个酒吧歌舞厅。

老狗时不时会中午到学校，请我出去吃饭，然后给我一包烟，就走了。

我记得那段时间跟着他们很潇洒。在一个周末，老狗和阿拳他们一伙骑了四辆车，叫上了我，一起去市区玩。

市区里路窄人多，弥漫着喇叭声。阿拳他们更是有事没事地往死里摁喇叭，偶尔还对着前面骂几句，我们在车流的缝隙里穿行。

我们找到了一个在路边的住处，名字叫平安旅社。把车停进了一楼狭小的大厅里，然后在一张茶几前做了登记。老伯带着我们上了二楼，穿过一条铺着绿色地砖不能二人并行的楼梯，到了二楼。

老狗问:“这里安全吗?”

老伯说:“你识字吗?”

老狗说:“识啊。”

老伯说:“那我们这里叫什么?”

老狗答:“平安旅社。”

老伯得意地笑了笑。

到了晚上，我们一伙人就在市里的一个酒吧喝酒。阿拳不管在哪儿，都显得很无拘无束，就像在自己家一样，在酒吧的人群中穿来穿去。老狗则拉着我和另外几个同行的人玩骰子。

几轮下来，我觉得闷得透不过气，酒味和烟味堵得我发慌。我借口上厕所，走出了酒吧，感觉就像手淫之后一样，豁然开朗。

我走到酒吧后面的河坝上，坐着点了支烟。抽到一半，听到身后老狗的声音，他说："你痿了？"

我说："没有，我暂时坚而不挺。"

老狗在我身边坐下，拿过我手中的烟抽了起来。我们一起坐在河坝上。微风断断续续地吹来，河面倒映着整个夜空。我问老狗："你说这河里今晚装进了多少颗星星？"

老狗想了想，指着河面说："应该装进了里面那么多颗星星吧。"

我淡淡地骂了一句。

老狗指着对面的一排排楼房问我："你说什么时候有一栋是我的？"

我说："等你有的时候。"

老狗也淡淡地骂了一句。

老狗望着对面的楼房，那种眼神，就像想把它们看穿一样。

我好奇地问："你看到什么没？"

他说："看到了，看到了那些楼后面一片空旷，再也没有东西遮住眼睛了。"

我笑了笑，说了句"傻×"。

老狗突然转过来说："你看不到的，往往才是你最想要看到的。"

"就像小曼的裸体？"

"嗯，差不多这个意思。"

我们走回酒吧门口的时候，发现已经围了一圈人，大喊着：还手！

我和老狗挤进去时，才发现阿拳他们几个把一个人围在中间踩，而围观的都是一些喝得七八分醉的人，群情激奋，期待着中间被围殴那人能还手。我身边有个试图报警的人被另外一个围观分子拦住：你傻啊？不想看了你自己走。

我和老狗连忙上去拦住他们。其他人见我们上来拦就停住了，阿拳却特别激动，拉都拉不开，嘴里还一直念念有词。好不容易终于把阿拳拉走了，我回过头来看了一下那人，他已经满脸是血，整张脸上就只有一双眼睛是清晰的，那眼神让我觉得仿佛我认识阿拳，也是个莫大的罪过。

回去的路上，我坐在老狗背后，突然想起了我堂哥刘世业，我问老狗：“你人车合一没？”

老狗轻声地说了句：“没，但我感觉我和你合一了。”

我突然意识到了什么，往后面挪了一下。

我们回到平安旅社的时候天都快要亮了。我们闹哄哄地把车停进了平安旅社一楼。老伯躺在茶几后面的沙发上，微睁了一下眼睛，用手捂住鼻子，不想吸入摩托车的废气，瞟了我们一眼，骂了声“禽兽”，闭上眼睛继续似睡非睡。

我们一直睡到下午才醒，退了房。在市区吃完晚饭又逛了一下，就驱车回镇里。

老狗和我回到了学校，把车给了另外一个人开走。

阿拳看着老狗：“你也回去？”

老狗点点头：“回去看看，过几天出来。”

我们回到宿舍里的时候，大家都还没睡觉。大家看到老狗回来了，都热情地围上来，问东问西的。大家都对老狗特别尊重，因为所有人都知道他每天和阿拳混在一起。

最后老狗手一挥，说了句“睡觉了”。大家四散而去，回到各自的床位。

老狗和我还是睡在靠窗的位置。

“高一差不多就这么过去了啊。”老狗转过头来对着我说。

“还有高二高三呢，慢慢来。”我无精打采地应了声。

过了很久，我发现老狗还没睡着，一直看着窗外发呆，我问老狗：“你有心事吧？”

老狗仍然看着窗外，过了一会，摇了摇头说：“睡了吧。”

chapter 13

在那周三，学校突然来了警察，把老狗带走了。老狗第二天才回来，我连忙上去问老狗，是不是周末阿拳他们在市区里打人的事。

老狗摇了摇头，告诉我阿拳被抓了。

我很是诧异，忙问老狗，阿拳这几天做了什么。

老狗过了一阵才告诉我，其实是他和阿拳他们一起搞网络诈骗。阿拳被抓了。但是阿拳只认了自己，没把其他人说出去。

我其实知道老狗和阿拳他们的钱肯定来源不当，只是一直没问过。我突然有点愧疚，不知道是对他们的钱，还是对阿拳。

在随后几天里，老狗变得沉默寡言。阿拳被抓的消息全镇皆知。镇上的长辈在谈论时，也没有显出多大的诧异，仿佛阿拳被抓是意料之内的，他迟早会有这一天。镇上那些不上学的孩子也安分了许多，阿拳在那段时间经常被提起，在茶余饭后和任何需要反面教材的时候。

那年暑假，我和老狗相约去市郊的看守所看望阿拳。

见到阿拳的时候，他还是一样的寸头，只是表情失去了以往的嚣张，变得内敛起来。阿拳笑着和我们两个寒暄了一下。老狗一直看着阿拳没说话。

那时我从老狗的眼神里看到愧疚。阿拳没供出他来，而是自己全部背了，我想是我的话也会感到愧疚的。

阿拳看着老狗，笑着说：别觉得对不起我，你们本来就是被我拉来蹚这浑水的。你们没事我才安心。

老狗还是一言不发，看着自己的手，一动不动。

阿拳又说：千万别继续像我这样。我总是觉得人吧，不能像草一样活着，被人踩被人踏的，一辈子这么低矮，至少得像树一样活着，高出周围一点，也看得到更多。

我听到这话，只觉得脑子里一阵翻腾，想起了我们村里那棵百年老树，是全村最高点，一直被人们拥护和崇拜，连小孩子都不敢在那树底下撒尿。

阿拳最后说：但是像我这样成不了树，反而连草都不如，只能在地底下，就一草根。

我们出来的时候，老狗突然眼睛红了，跟我说，他很内疚。

chapter 14

暑假来临的时候，老村长依然保持前卫，踩着一辆粉红色的单车，出没于村里各个角落。而堂哥刘世业依然失业，并且在床头堆了很多关于摩托车的杂志。据说是为了放眼世界，与高手同在。

某天，刘世业载着我去了镇上的修车行，问老板能不能改装他的摩托车，老板说：你这个还能修理就不错了。刘世业深受打击，骑上车一扭油门绝尘而去。在回去的路上我一直默不作声，我明白他的心情，就像我得知我小名的来历时一样。

到了村口的时候，摩托车突然发出“可了可了”的声音，接着就动不了了。我们两个下了车，刘世业看了看车子，又扭了两下油门，淡定地说了句:“爆了。”

“什么爆了?”我紧张地问。

“缸。”

“肛?”我连忙看了一下刘世业的后面。

刘世业看了我一下:“是车的缸爆了，不是我的肛。”

在那段爆缸的日子里，刘世业每天对着房间里的海报发呆，时不时还用手轻轻地抚摸海报上的摩托车，眼神迷离，嘴巴微张。

一天，有个女的出现在隔壁刘世业家门口，然后刘世业就双手插袋地走出来。我在家门口拿把扇子扇风，听到那女的娇嗔地问:“怎么最近都不骑车来带人家去兜风了?”

刘世业左手拔出口袋，挠着脑后的头发:“哎，那天有个市里的车手来挑战我，车比我好，但是我车技又胜他一筹，我很艰难地拿下了他，然后车子出了问题，在修理呢。你知道，赢市里的车手，并不容易。”说完还很无奈地耸了一下肩膀。

那女的听得两眼放光，羞涩地说了句:“那车子修好了记得来找我。”

刘世业又拔出插在口袋里的右手，并无言语，只做了一个“OK”的手势。

那女的双手在胸前十指交叉，右手紧握着自己的左手。轻轻地“嗯”了一声，头也不回地跑了。

正好大伯走出来，看到那女的还没走远的背影，看了一眼还在微笑着的刘世业，赞赏地“嗯”了一声。

刘世业得意地向我走来，他摸着我的头对我说：“小子，所谓爱情，一般都是始于装×，最后又终于装×，懂吗？”

我受益匪浅地点了点头。

然后刘世业舒展着双臂，悠然地走进了自家院子。

那个暑假，村里的各个角落都播放着刀郎的《情人》和谢

军的《那一夜》，激起了村里各个年龄段的人对爱情的渴望。村长在粉红色单车后安了一个音箱，播放着这两首歌曲招摇过市，曾经见他在河边停下，听着这两首歌，默默湿润了双眼。我想老村长年轻的时候毕竟是少女杀手，但是因为命运的捉弄让他如今孑然一身，无儿无女。

村长在一次酒醉后曾拉着我说：你知道吗，我的东西全给它偷走了，从来没有停止过，每分每秒都在偷。

我问谁这么厉害。

村长说：时光。然后就倒下了。

chapter 15

那年暑假还发生了一件大事，村里唯一能写书法的阿金爷去世了。全村就像失去了一块文化的瑰宝，虽然很多人比阿金爷识字多，但是会写书法的仅此一个。据说阿金爷还很年轻的时候，想做画家，于是没日没夜地拿着本字典，用树枝临摹上面的内容。直到有一天一个读书人经过，大喊一声：没想到小阿金你还看字典啊！

当时小阿金把字典拿在手里，大骂一声：你是狗眼？说我的画册是字典？

读书人扑哧一声就笑了，边摇头边说：哎呀，没想到你看这么大半天，都不知道自己手里的是字典，还以为是画册。隔壁闲来无事的邻居听了，也都笑了。

这就让小阿金很窘迫。小阿金开始也觉得这“画册”不太对劲，但是看上面都是线条，就觉得这本可能是练习基本功的启蒙作品。今天才知道没日没夜地看了足足有大半年的东西，不是画册，是字典。

小阿金当场把字典扔到了田里，用力地拗断了树枝，从此放弃了做画家的梦想。

曾经的小阿金成了现在的阿金爷，当年苦描大半年字典练

就出了一手好书法却是全村人公认的事实，阿金爷虽没成为画家，但也总算找回一点安慰。

而按照阿金爷的性格，估计也是成不了画家的。阿金爷性子非常急躁。曾经有一次帮人写字写到一半，发现还远远没完，问别人：怎么这么多？能不能下次再帮你抄？

别人不答应，说急用。

阿金爷便也懒得废口舌，怒目圆睁，拿起整瓶墨水一口气喝了下去，告诉别人今天没墨水了，明天再来吧。

村里很多人都不愿意招惹阿金爷，因为不知道如此性急的他会做出什么来。没人来招惹了，可是却免不了被牲畜招惹。

阿金爷这辈子最后一次急躁是在他家养的那头猪没日没夜地叫了两天以后。周围的小孩都一口断定这是一头发瘟猪，阿金爷情急之下就和小孩吵了起来，但是没吵赢。而那头猪还在疯狂地叫，阿金爷操起柴刀向猪冲去，猪一紧张就一跃而起，开始奔跑，追了几圈以后，阿金爷年老体迈，一口气没接上就晕倒了。

阿金爷弥留之际，在床上破口大骂，其中夹杂着大段的下流话充斥着他一生对这片土地的仇恨。来看望的同村友人、隔壁邻舍都喜出望外，觉得阿金爷这回死不了了。

阿金爷的老爱人在他骂完这一大段话以后，只淡淡地说了句：你急了一辈子，死的时候就悠着点来吧。

儿子走到跟前，诚惶诚恐地问了句：有没有什么没说的密码，或者没来得及给我的钥匙之类的？

阿金爷情绪渐渐平复，握着自己不争气的儿子的手说：这辈子最对不起的就是你，一时冲动让你来到这世上，让你经历了全世界最糟的事。

儿子问什么事，阿金爷用尽所有力气挤出一句话：这事，就是你现在这样地活着。

阿金爷说完这句话，白眼一翻，就此走了。

chapter 16

假期正式结束那天，伴随着校长在主席台上的一句“我谨代表全体师生欢迎全体师生回来”，我回到了学校。

开学那天却没有看到老狗，听他同村的说他退学了。我心里不觉得意外，只是有点失落。

那天下午放学，有个同学急忙跑来，说门口有人找我。

我到门口一看，是老狗，骑着车，和阿拳的那几个兄弟。

老狗叫我上车，说一起吃饭。

在车上我问老狗：“你都退学了，还能记得哪天开学？”

“我他妈的也曾经是个学生。”

“干吗要退学？”

“学校睡着难受啊。不过我暑假就来镇上了。”

“做什么？”

老狗嘿嘿地笑着说别问。

其实老狗不说我也知道，和这帮人在一起，还能做什么？

吃饭的时候，老狗指了指隔壁的小民房：“我就住那里。以后没事就来找我。”

开学一段时间后，班上转来一个女生。我个人认为她很与众不同，长得很白皙，五官挺精致，头发比班里女生都长一点，眼神给人感觉像冬天，特别是她进来挑座位就挑了最后一排我的旁边。我们班上的女生可是都对最后那几排嗤之以鼻的。

我问她：“你叫什么啊？”

她看了我一眼，反问：“你呢？”

“别人都叫我A仔。”

“别人都叫我小小。”

我看了一下她，我说：“不小啊。”

“那我看你也不A啊。”

我尴尬地笑了笑，心里更觉得她与众不同，一般女生估计不是骂我句“变态”，就是拿起东西去前面找自己的座位。

我问小小：你要换个座位吗？最后一排是睡觉的，倒数第二排玩棋牌的，倒数第三排看漫画玩游戏机的。前面一二排学习的，中间的比较中庸，一时玩一时学。

小小把整个教室看了一圈，淡淡地说了句：我是来上学的，随便坐哪都一样。

小小的到来，让我暂时忘却了老狗退学的失落。小小其实是挺活泼的一个人。我渐渐和小小熟络起来，我们这排每天就我们两个冒头聊天，其他的都倒下睡觉了。

我得知小小因为父母在市里工作，经常没时间照料她，就随着外公外婆住，也转学到了这里。我说：这学校还可以吧？小小说：是个学校就行了，可以不可以我怎么知道？我又没听过老师讲课。

我指着前面那些埋头做笔记的女生，跟小小说：你和她们真不一样。

小小说：有谁跟谁是一样的啊？

开学有一个多月了，我每天做的事就是早早到教室，然后从早自修和小小一直聊到晚自修。午饭晚饭的时候喝水吃饭休息。其间出去找过几次老狗，老狗说：你泡妞了吧？最近人影都不见。我说：没，我遇到红颜知己了。老狗问我：那你有没有摔下哪个山崖，还得了本武功秘籍？我说：还没。

小小有一天问我：你有喜欢过谁没？

我脑海突然闪过小曼。我点了点头，但是突然发现我连小曼长什么样都不太记得了，于是又摇了摇头。

小小说：看你这傻样，不过比很多人好，至少不装×。

我脑海里又闪过了堂哥刘世业的影子，然后我告诉小小：有个人跟我说爱情都是始于装×，最后又终于装×。

“你懂什么是爱情吗？”

“难道你懂？”我问小小。

小小眼睛往上看了一下，过了会儿说：“算懂吧，至少我恋爱过。”

不知为什么，我心里突然感觉有些许失落，嘴上却说：“我才不信。”

小小若无其事地回答：“不信就算。其实我实话告诉你，我就是因为早恋才转来这里的。”

我突然不知道说什么好，“哦”了一声，埋下头，假装睡觉去了。

过了一会，小小用手指戳了戳我：“不会是吃醋了吧？”

我猛一抬头：“有吗？我干吗要吃醋？”

小小看了我一下，过了一会，摇了摇头：“你撒谎没技术，你喜欢我。”

chapter 17

后来发展到我和小小有时会一起去找老狗玩，老狗每次见到小小都喊“弟妹”，小小每次都不解释，只是笑一笑。然后老狗又转过来对我笑，开始我觉得挺不习惯，不过见小小都不解释，我也不说什么，跟着老狗一起笑。

但是我们并没有更进一步发展，还是每天在学校聊天。直到有一天，小小对我说：“你是我的，今天。”

我愣了一会，问：“那明天呢？”

小小笑了起来，挤出两个酒窝，告诉我，什么时候结束，她说了算。

我突然有点害羞起来，呵呵傻笑着，点了点头。

我恋爱以后，几乎没去找过老狗。但是老狗的名字却越来越响亮，经常能在学校听到别人谈起他。

有时我会想起老狗那时在江边指着对面的一排排楼房问我：你说什么时候有一栋是我的？

上语文课的时候，我正看着一本漫画，看到女主角眼含泪水问男主角：你喜欢我什么！

我放下书，转过头去小声地问小小："你喜欢我什么！"

小小想了一下，说："要说喜欢你什么，我真看不出你有什么优点和特别吸引人的地方。但你是我的，你也愿意是我的，是我的我就喜欢；不是我的，就算有千万个优点和千万个吸引人的地方，我都不喜欢。"

我忧喜参半，点了点头。

小小过了会儿说："是我就不会问这样的问题。"

我问为什么。

"问了多没意思。本来你可以觉得你在他眼里有无数个优点，全身都是优点，都不用具体发扬哪一个；一旦问出个结果，你就明白，你也不过如此。所以你以后千万别告诉我你喜欢我哪点，只要告诉我你喜欢我就行了。"小小认真地说。

我听完，突然就有一种抱她的冲动。可是我没有。

因为老师在讲台上。

在我恋爱期间，史秦寿老师找我和小小谈过一次话。先讲了他的恋爱史。他在嘴上讲，我跟着在脑海里回忆，重温了一遍，我听得毫无感觉。倒是小小，一副很动容的样子。

最后史老师也动容了，可能忘记了他今天本来想表达的内容，说了句：最美的时光，不是在经历的时候，而是在回忆的时候。

出办公室的时候，我一头雾水，小小却受益匪浅的样子。我问小小："最后那句话什么意思啊？"

小小看着我说："你傻啊你！我问你，你觉得现在周围的环境美吗？"

我看了学校一圈，悲从中来，我说："不美。"

小小突然拉着我的手："你好好记住现在我和你牵手的情景，然后等有一天你想起我，想起今天的时候，你就明白老师最后说的那句话是什么意思了。"

于是从那天起，在我心里又多了一个像堂哥一样奇异的人。我和小小在一个学期里，跑遍了镇上所有地方。

我和小小坐在镇上的一片防护林隔壁，防护林旁边是条河，河上有条桥，桥上站着许多情侣，河边更多。我突然想起老狗，最后一次见他已是一个月前了，他骑着车来到校门口，帮他同村的一个人吓唬了高三的一个人，高三那个人听说是王一牛，没敢放一个屁。

我问小小：“你有过好朋友没？”

“有。很久不见了。”

我说：“我最好的朋友是老狗。”

小小点点头：“我看得出来。”

“实际上，我觉得老狗很亲近，但是又很陌生。”我告诉小小。

“那是因为老狗爱在心里藏事情。”

“你怎么知道？”

“我当然知道，他肯定是个不喜欢别人为他担心的人。也可能是说出来也没人可以理解，又或者不想别人理解。”

“你怎么什么都知道？”

“因为你神经大条，所以什么都不知道。”

那段时间，同龄人渐渐忘记了阿拳，只知道老狗了。老狗换了新车，风光无限，也很少来找我了。老狗说我都被小小包了，他就不和女斗了。我想老狗成了阿拳的接替者，我担心老狗会和阿拳有同样的下场。

chapter 18

那年寒假，我和小小都靠电话联系，而且只能打座机，小小留在了镇上过年。每次打通电话，我都要想出各种各样的身份，从几乎失聪、神志不太清楚的小小的外婆那里获得允许，才能听到小小的声音。

从小小的嘴里，我得知她的外婆是个早年吃了很多苦的人，以至于只要是从电视、报纸等任何途径看到一些悲催或苦难的事情，便会极为严厉地对小小进行批判，责怪小小没吃过苦，日子太好过。到后来小小特别怕和外婆一起看电视，特别是碰到《人间》《真情》之类的栏目。

我从刘世业那里学会了骑车。刘世业教我的时候，只是一味强调别怕和冷静。等我冷静了并且不怕的时候，刘世业开始后悔他教会了我。我天天从他那借车来骑。

我骑车骑得熟练以后，发现这是一件很拉风的事情，特别是后面载着小小的时候。很多时候拉风与否，取决于你是载着你妈去买菜还是载着你女朋友去兜风。

我载着小小随处飞驰。记得刘世业跟我说，以前他载过一个女孩子，胸部特别大，但那女孩子属于挺羞涩的那种，总爱尽量靠后坐，于是刘世业特别爱急刹。

我问这和急刹有什么关系。刘世业让我拿了两个鸡蛋在胸前端着，一边一个。然后载上我，沿着村外的那条公路飞驰，突然一个急刹，我顺势就往刘世业身上靠去，鸡蛋就碎了，一半沾在我胸前，一半沾在他后背。然后堂哥说，胸撞上来时不会碎，但是舒服。

我载着小小经过村里一所荒废的房子，这房子在村里最偏僻的地方，孤零零地竖在那里。

小小问我："这家主人很孤僻吧？"

我说："是挺孤僻的，这房子的主人有精神病，见到女孩子就在后面一直追。"

小小马上看了一下后面："他不会追出来吧？"

我笑了笑:“这房子主人都走了，不在这村子了。”

这房子的主人那时让我们都叫他陈伯。陈伯有精神病，看到女孩子就发了疯地追着跑。

村里曾经来过一位医生，听说陈伯的情况，就想免费去帮他看看怎么回事。那时我和刘世业还小，在附近玩，就跟着医生一起进屋，出于好奇去看一下。

陈伯看到医生来了，只是木讷地坐在那里。

医生问:“你哪里不舒服?”

陈伯动了动嘴:“我陈伯!”

医生思考了一下，说:“晨勃是很正常的现象啊。有没有什么具体点的症状?”

陈伯还是回答:“我陈伯!”

“我也晨勃啊，谁不晨勃啊!”医生纳闷地回了句。

我和刘世业在旁边听得云里雾里。过了好一阵，医生发现问什么他都答“晨勃”的时候，摇了摇头，走了。

陈伯原名叫陈尚其，后来就真丧妻了。据说他们夫妻是出了名地恩爱，那时候“文化人革命”，他妻子因为父辈曾经是地主，找不着人做反面教材的时候，只能把她揪了出来。没过多久，他妻子上吊死了。

自那以后，陈伯再也不和周遭人说一句话，一个人搬到了妻子的坟边住。再后来就开始疯疯癫癫的了。村里的小孩喜欢来看他笑话，而大人都尽量远离他。

村里人只是每天把家里多余的饭菜放到陈伯家门口，阿金爷还在世时，过年时都会写一副春联帮陈伯贴上。

直到有一次村里一户人家办喜酒，老村长一激动就喝高了，喝醉了的老村长突然想起了什么似的，往外跑去。我被大人叫去跟着，别让村长乱跑。村长一路跌跌撞撞地就来到了陈伯的家里。我一看是陈伯家，冷汗就一直冒，可是老村长怎么拉都拉不走。后来老村长跪扶在陈伯家旁边的墓碑上，突然捶胸顿足地抽泣起来，过了良久，声音沙哑地挤出一句：我们都对不起你，原谅我们。说完越哭越大声。

我站在那儿蒙了。只见陈伯家的门突然开了条缝，过了一会儿，我看到陈伯倚着门，眼泪一颗一颗地往下滴。后来陈伯变成了号啕大哭，抓着门，跪在地上。最后村里人闻声赶来的时候，好多老人也陆陆续续跟着抽泣起来。

哭累了的老村长被抬走了，陈伯也被扶进了屋子，大家逐渐散去。

天亮的时候，村里一些早起的人都说看到陈伯一大早锁了屋子，穿得整整齐齐，提着一个旧皮箱，往村外走去，逢人就笑着打招呼，好像完全变了个人。

那以后，陈伯再也没有回来过。打小我经过这里时，发现陈伯家旁边那座墓碑，永远都是那么干净，甚至杂草都没有一根。后来他走了，却依然很干净，别人都说看到是老村长在打扫。

我跟小小讲了这个故事，小小在回家的时候采了很多花，非要去那里一趟。

小小走到陈伯妻子的碑前，把花放那儿。说以后每次经过，都要放一束花在那儿。然后叫我站远点，对着墓碑嘴里叽里咕噜地说了一段。

走的时候我问小小说了些什么，小小说这个不能告诉我。

回去的路上，小小跟我说：人其实都是有良知的，就是有时放不下面子，不肯承认自己错了，这个需要勇气；但是更需要勇气的，有时候是放下对别人的怨恨。所以肯原谅的人，胜过肯道歉的人。

我点点头说："可能陈伯守了一辈子，就是为了给他妻子守这一句道歉吧。"

"不对，"小小反驳说，"我觉得是守着他对妻子的思念和爱，如果没有这份思念和对他妻子的爱，他还会在乎这些吗？"

"嗯，对吧，女孩子总是想得细致些。"

我说完，小小从后面紧紧地抱住了我。这时，我想起了两个鸡蛋的事。

chapter 19

我和老狗在年后相约去镇上的河边玩钓鱼。河边有几家制衣厂。之所以去那里钓鱼，纯粹是为了打发时间，老狗是因为实在无事可做，我是因为见不了小小。小小被她那对苦难特别敏感的外婆软禁了，由于我每次打电话找小小都要想各种各样的身份，所以她外婆觉得最近找她的人真多，从班长到小学同学什么都有，太复杂了。

在那几家制衣厂旁边的河道里，钓鱼的人有一些，通常互相也会有一点交流，不过都不会问你今天钓了几条之类的。都是问：你放进去的蚯蚓这次坚持了多久？然后另外一个人把鱼竿一提，看一下，笑笑说：死了，不动了。接着别人又问：今天死多少条啦？

钓鱼比较有经验的人，通常能通过你今天泡死了多少条蚯蚓来判断你已经在这里多久了。

那条河以前还是有鱼钓的，但是一家又一家的制衣厂搬来后，情况就变了。本来大家都对这几家厂充满敌意，经常半夜听到厂房玻璃窗被石头砸碎的声音，要不然就是第二天早上厂房外墙上被刷了几个红彤彤的大字：还我河山！不过渐渐地，随着这几家制衣厂解决了镇上和邻近村里那些无业青年、待业妇女的就业问题以后，这样的事就越来越少了。

我跟老狗坐在河边，看着河边一些呆滞的老人僵硬地拿着鱼竿，木讷地看着浑浊的河水，思考着是不是要换条蚯蚓了。也有些老人根本就不放鱼饵，甚至有些连鱼钩都没。他们只是日复一日地在河边坐着，似睡非睡地保持钓鱼的姿态，不知道是在怀念过去，还是因为实在闲得无聊。

老狗说："这些人只要是在做钓鱼这件事就满足了。钓不钓得到，在小溪小河甚至臭水沟钓，都无所谓。"

河上有条桥，曾经能同时过两辆车，但年久失修，后来只能限制一辆一辆地过，两边桥头还立了两个水泥墩，限制大车，再后来就只能过摩托车或者自行车了。最后只能过人了，成了各种情侣幽会的地方，那些热恋的男女假装闻不到制衣厂飘散出来的染料味道和河水时不时发出的恶臭。他们在桥上风花雪月，卿卿我我，个别有内涵的，还吟诵一两首唐诗。

老狗问我:“你怎么不和小小来啊？你看他们多有情调。”

我说:“电视上电影里都是这样的地方，树林旁边一条小河，河上有条桥，然后和你爱的人站那桥上，风雨无阻。他们都以为在电影里呢。”

“是啊，靠，这里可是现实。”老狗看了桥一眼说。

曾经有个制衣厂的女工，跨出了桥上的栏杆，站在一块窄窄的地方闹自杀。那时正是下班的时候，几家制衣厂的员工急急忙忙吃了饭，有些甚至连饭都没吃，就跑来占一个靠前的位置了。

河的两岸和两个桥头都是人，还有些身手敏捷的直接爬上了防护林里的树上，全部围着看。众说纷纭：有的说她被制衣厂老板的儿子调戏了；有的说她男朋友把她甩了；有的说她家乡闹水灾，房子庄稼全没了；甚至有的说她是省里的跳水运动员。

大家都很紧张，有的搓着手，有的捂着胸口，有的抓着衣角，有的把手放在嘴里咬着。

我当时和刘世业在防护林旁边，面前几十上百个后脑勺，桥也不够高，结果什么都看不见。刘世业抬头问树上的一个人：

“兄弟，怎么样了啊，跳没？”

那兄弟两腿夹着树干，一只手用力钩着树枝，另一只手放在额头那遮光，眺望了一阵说：“没啊。你不是没听见水声吗，有什么好问的？”

在我们周围的各大制衣厂的员工开始发起牢骚：“怎么回事啊？我还没吃饭呢，不会是要我们吧！”

树上那兄弟用力拍拍树干说：“我也着急啊，你以为我不累啊，再不跳，我跳了。”

一旁有个员工又说：“那个制衣厂老板的儿子来不来啊，在现场没？”

另一个马上接上：“不对，是她男朋友，她男朋友把她甩了，不知道会不会出现。”

又一个说：“我看都不是，我看她家乡可能会来人。”

顿时引起一片哗然，树上那兄弟骂道：“你傻啊你，如果真是这样，我们要看到什么时候？”

过了好一阵，对岸有个大叔大喊一声：“小妹，到底是要怎么样啊！”

闹自杀那女工也有一点紧张，毕竟第一次面对这么多人，一听别人喊她，吓得腿滑了一下，手抓围栏抓得更紧了。周围的人一片惊呼。

刘世业突然想起了什么，说了句："这桥不高啊，跳下去也没什么事吧，连个运动会三米跳台都比不上。"

旁边一个老伯一跺脚，两手一拍，责怪了一句："你懂什么啊！我在这附近几年了，我跟你这样说吧，就算桥不高，跳下去也得死，因为这水够毒啊！"

好多人跟着附和说还真是这样，我也对老伯的见解感到很认同，点了点头。

就在大家都干着急的时候，突然听到一个小女孩稚嫩的声音："为什么有这么多大哥哥在这里，但是都不去救大姐姐呀！"

周围突然安静了好一会，接着岸边逐渐此起彼伏地响起了一些规劝自杀女工别轻生的喊话。

最后我和刘世业也跟着喊了起来，刘世业喊着"活下去比什么都重要啊"，我喊着"要骄傲地活下去啊"。

两岸气氛开始热烈起来，在桥头还没吃饭的那些员工估计也扛不住了，都小心翼翼地往女工那儿靠近。最后两三个男的将女工从围栏外面抱了回来。

自杀的女工突然就号啕大哭了起来，但几百人同时发出的欢呼声、鼓掌声瞬间就淹没了哭声，我跟着刘世业也在人群里欢呼着。

这是我在这附近这么多年经历过的最大规模的围观。关于那女工是如何活下来的，以及关于那女工为什么自杀的版本层出不穷。那女工最后离开了这个镇子，可是关于她的讨论从未停歇，直到今天。

一些女孩说：她男朋友回心转意了，他们都有孩子了；一些中年人说：那调戏她的制衣厂老板的儿子赔了钱，息事宁人了；还有一些老人说：她家乡没事了，大水退了。刘世业跟别人说：她去省里跳水队了。

chapter 20

我和老狗坐到傍晚，夕阳如咸蛋黄，余晖照耀着桥上的情侣、河边的老者。一位老人看着我们，笑了起来，露出一排牙龈，有气无力地说了句:“我像你这么大的时候，都在这里洗澡，在这里摸鱼。”

老狗也笑了笑，指了指那条河说:“等我以后像你这么大的时候，我可以在这里跑步，在这里做健美操。”

老人一脸惊讶:“为什么? ”

我接了句:“到那时，河都干啦。”

老人把鱼竿缓缓放下，凑了过来:“我有个女儿，和你们差不多大。原来真调皮，每天不上学，还要去喝酒，和别人一起抽烟。”

我小声对着老狗说：“我靠，跟你一个样啊。”

老狗笑着点点头。

老人又说：“她是我捡回来的，我是个医生，在医院捡回来的。”

老狗一脸惊讶：“那你还理她干吗？让她自生自灭去。”

“开始我也失望啊，但是从小带大，早就把她当亲生的了。那时候我真是头疼啊。”老人摇了摇头。

“后来她变好没？”我问老人。

老人这时得意地笑了笑：“嗯，她变好了。”

“怎么变好的？”我又问。

老人说：“我把真相告诉她了，她就跑了，两天没回家。不过回来以后，就变好了。”

我们三人沉默了好一会。

老人又说：“我开始也奇怪啊，不过后来就明白了，人一旦发现有些事不是理所当然的时候，就有良心了。”

后来我和老狗就走了。在之后很长的一段时间里，我一直对老人的话不能忘怀，有时会让我辗转反侧。老人也许在灌输某个道理给我们，又或者指引某个方向给我们，但是我却和这个道理、这个方向背道而驰，越走越远。

从小小跟我说她要回市里读书那天起，老狗就开始跟我说他在镇上看到小小和一个男的在一起，他很生气，上去抓住那男的衣领。小小却告诉老狗，这男的一直是她男朋友。

老狗告诉我的时候，我想起了小小来镇上读书的原因。那天晚上我给小小打了个电话，这次是她自己接的。小小最后一句话是很抱歉地跟我说，她下学期要回市里上学了。

我觉得她回去上学与否，完全与我无关了，但却更让我觉得难受。我突然想起小小那句“什么时候结束，我说了算”。

我把这句话对老狗讲了，老狗过了好一会，好像突然想起了什么，一脸沮丧地跟我说：“我终于想明白了，一开始就注定了是你被甩啊！”

小小就这样走了，一去不回头，再也没见过。

回到学校之后，我把老狗和小小曾经坐过的桌椅搬走了，我怕睹物思人。一天之后，我又搬了回来，我觉得毕竟承载了我的友情和爱情。

这些桌椅仿佛在提醒我，我拥有过什么。记得小时候，刘世业开摩托车载着我，我坐在油箱上，风迎面而来重重地打在脸上。刘世业说：一不高兴就开车出来兜一下，风能把你打清醒。但是那时我无忧无虑，风把我打感冒了，让清醒的我变得迷糊。

我觉得刘世业一直这么活着，估计就是这样被吹傻了。刘世业曾经有段时间没失业，在镇上一个仓库当保安。后来不干了，因为刘世业说这个工作把他的车技埋没了，他至少要当个送货员。

刚刚过完寒假那段时间，老狗经常来学校找我，他说他知道我心里难受。我们吃了饭，就在小树林边上坐着。

老狗跟我说："我小时候最开心的事情就是去别人地里偷东西，偷来了也不吃，但就是觉得开心。"

"这有什么好开心的？"我问了句。

"不知道啊，可能是偷东西这事让我开心，也可能是现在想起来让我觉得开心。"

我突然就想起史老师那句话。最美的时光，不是在经历的时候，而是在回忆的时候。然后我又想了小小和我在学校牵手的时候，突然我就明白了老师这句话的意思。

后来我也不回学校了。

chapter 21

我在校外的时候，认识了一个人。这人蓬头垢面，衣衫不整，耳朵上老是夹着一支笔。我第一次见他时，他蹲在路边，我看他挺可怜的，放了一块钱在他面前。

他突然站起来，拉着我的衣角，我吓了一跳。他严肃地跟我说："请把你的一块钱捡起来。"

我正准备开口说点什么。他又重申了一遍："请把你的，一块钱，捡起来。"

于是我弯下腰把钱捡了起来。我说：不好意思啊。

那人拍了拍衣服，我注意到他衬衫的第三个纽扣顺势就掉了下来。那人也没在意，跟我说他是个诗人。

我脑海里顿时飘过李白站在船头，微风轻拂，左手背在身后，右手举杯，两眼望月的情景。我点了点头，转身快步离开了。

那天我和老狗吃完饭，回到老狗住处的时候，发现诗人站在隔壁民房的门口。

后来我才知道诗人住在老狗租的民房的隔壁。

诗人跟我说他叫牛斌，我说怎么这名字这么牛B。他说他们村都姓牛，他表哥叫牛奋，表弟叫牛编。

自那以后，我和老狗几个人在屋里喝酒的时候，我都会去隔壁叫牛斌一起。有一次牛斌喝高了，从裤袋里拿出一张纸，展开，是几行字：

我和狗都爱这个世界

阳光明亮，两个美女
牵着两只
洋娃娃似的狗
谈笑风生
两只狗打闹一会

也不说废话

干了起来

美女尖叫，跺脚

赶忙拉手里的绳子

小狗狂吠，好像喊了一句

你们让这个世界如此性感

怎么能不让我们做爱

老狗一看，说："这是个儿歌吧？"

另外一个说："儿歌怎么可能有这样的歌词！"

牛斌说："这是我写的诗，灵感来源于我老家的两只狗，那两只狗，每次见面就跟疯了一样，二话不说就干。"

大家纷纷竖起拇指，赞叹这是两条爽直的狗。

慢慢和牛斌熟了，牛斌告诉我：他曾经也是个文艺青年。前几年从大学辍学了，把他老爹气得半死，他不敢待在家里，就自己一个人在外面漂着，开始写小说。他说他写一部关于他们牛家村的小说。最后写完了，拿去给一个编辑看的时候，编辑看了一半说没法看了，里面都是牛的各个器官和内脏。

他说他在文艺界混了好多年，还进了他们那里的一个私人作协，里面都是语文老师，几乎都姓牛。他还曾经接过一个活儿，帮一个诗人自费出版的诗集写评论，就是夸，其实里面都是儿歌和绕口令。

那次以后，他也改行写诗去了。牛斌说：写诗比写小说好。你写小说，一辈子没人知道没人欣赏，又累又不讨好；你写诗，你活着的时候出不了名，不要紧，你死后，或者你去自

杀说不定就出名了。做个诗人，至少临死前都还有点盼头吧。

牛斌后来找了份工作，给市里一个有钱人家的孩子做家教，对方家长还规定让他每个星期写一两首儿歌教那小朋友。

牛斌从写小说到写诗，现在开始了儿歌的创作。每每提及此事，牛斌都会眼眶湿润。

后来牛斌要从隔壁搬走了，临走前请我和老狗喝了一次酒，告诉我们他回老家的纺织厂做工人去了。走那天，牛斌把头发梳得整整齐齐，取下了耳朵上夹着的笔，换上了一件干净的衬衫。

老狗问他：用得着这么正式吗？

牛斌有点微醉，告诉老狗，不管在外面怎么样，回家乡的时候，还是要精神抖擞一点。说完苦笑了一下。

我们送牛斌到市里的车站。牛斌在外面漂了几年，行李一共就两个塑料袋。车子开出去一两百米的时候，牛斌突然探出头来，头发被风吹得七上八下的，大喊了一声：朋友，以后见了！

我知道像这样的分别，除非缘分极深以后在某地偶遇，不然，也许一辈子都不会再相见了。

chapter 22

送牛斌走后，我和老狗找了一个路边摊吃面。老板一手一碗面端上来的时候，我发现他两根油腻发黑的大拇指分别直直地插在碗里。

我说：“老板，你的手指……”

老板没等我说完，看了一眼，感动地说：“没事，我不怕烫，这点温度不算什么。”

我和老狗都无言以对，只能低头吃面。我记得小时候和刘世业一起吃一盒饼干，伸手去拿饼干的时候，一只蟑螂从盒子里飞跑了出来。我和刘世业对视了一眼，刘世业说：“你在心里跟自己说，你什么都没看到。”

过了两秒，我点了点头告诉刘世业我在心里说了。

然后刘世业递给我一块饼干，我们就一起吃了起来。现在我想起来，觉得那次经历是让我受益匪浅的。

突然老板急匆匆地跑了过来，喊了一句：“把碗端起来！”

我和老狗立刻把碗端了起来，只见老板抬起那张小方桌，放在自己煮面的小推车上，推起车子就跑。

我和老狗把周围看了一圈，发现路边卖肉串的、水果的、小饰品的、盗版碟的和回收二手电话的，全部抱起东西往我和老狗的方向冲来。我心想，死定了这次。

老狗似乎看出了我的焦虑，一手端碗，一手摁住我的肩膀，说了句：“没事，肯定是城管来了。”

然后我往老狗望去的方向看了一下，发现有五六个城管指着我们的方向，嘴里念念有词。

当各式各样的摊贩抱起东西经过还在原地端着面坐着的我们时，顿时红尘滚滚。

老狗突然放下手中的面，冲上前去，帮一位老伯挑起水果担子就跑。嘴里还大喊：“快，你骑车带老伯走！”

我放下面，示意老伯上车。老伯上气不接下气地趴在我的后背上，我一扭油门，启动了车子。我看到老狗挑着水果迅速跑进了一条小巷，在那里擦着汗。于是我也骑着车拐进了那条巷子。

老伯看到老狗，大喊了一句："开始我还以为你是打劫的呢，谢谢你啊！"老狗呵呵地傻笑着。

老伯说："这些城管赶尽杀绝啊。被他们抓到，高兴的时候，把东西全拉走，担子给你留下；不高兴的时候，别说担子，你跑的时候，跑掉的鞋子都不还给你。"

我说："刚刚我还看到一些没跑的啊。"

老伯说："没跑那些，是因为交了钱，要不就是有亲戚是城

管队里的。”

最后分别的时候，老伯一定要送一袋子水果给我和老狗，我们死活不要。老伯就一直不断地在我们身后向我们道谢，直到我们开车脱离他的视线。

回到出租屋的时候，我问老狗今天怎么这么好心啊。

过了一阵，老狗说：“我爸妈也是摊贩。小时候我和他们一起在市里摆过地摊，我亲眼见过城管把我爸妈卖的东西全部砸坏了。”我看着老狗，发现他眼睛红了，我突然不知道说什么好。

我说：“那你爸妈还好吧？”

老狗说：“我爸病在家里，我妈每天出去帮别人擦皮鞋。”

我听了心里觉得闷闷的。

过了会儿，老狗指着房间里两台电脑，说：“不过现在有这个，也能帮我弄点钱吃吃喝喝，多余的就拿给家里了。”

我突然明白，别人常说的，每个人都有不为人知的一面，也许就像这样子。在你以为什么事都像你看到的然后联想的那样的时候，现实会告诉你，完全不一样。

此后，我才渐渐明白，老狗的生活费来源于网络诈骗，就像当初的阿拳。大概的流程很简单，就是在游戏里到处发中奖消息，告诉你莫名其妙地中了随机大抽奖——既然是大抽奖，那奖品一定很大，有手机、笔记本电脑，还有一大堆莫名其妙的奖金。领取这些，并不复杂，消息里会给你一个客服电话，你拨打以后，会听到一个辍学少女恭喜你，然后用最正规的语言告诉你，你要领取这些奖品或奖金是很简单的，不过为了顺利给你这些，你必须汇保证金或者是手续费之类的到某个账户，不然就等于自动放弃这次的大奖。

至于为什么领奖要保证金，为什么领奖要手续费，而且数目还不小，这些问题我不清楚，上当的人，也不清楚。但是仍然有很多人上当。

老狗为了安全起见，在街边找了些等工作的临时工，给他们五十块钱，然后他们就拿着身份证去银行办银行卡，然后这些卡就是老狗的了。老狗经常换卡，换客服号码。

经常有一些汇了保证金、手续费之类的打电话过来咨询，或着急或惶恐或假装不在意，辍学少女会安抚他们，等这样的电话接多了，号码就换了。

而老狗和另外几个人要做的事情就是，用一个软件每天随机大量地发消息给别人，告诉他们：你中奖了。

开始我以为这样的伎俩只能骗小孩。不过后来我知道我错了，上当的人源源不绝，出乎我意料。

老狗告诉我，这样的伎俩其实骗不了小孩，但是能骗他们。小孩不贪心，他们却足够贪心。

我只是负责帮他们取钱，后来老狗说银行有摄像头，这样不安全，让我加入了发消息的行列。老狗出钱让一些沉迷在网吧的人去取钱，他自己远远地骑车在对面看着。这些人每次都背个书包，取最大的金额。

chapter 23

在那之后两个月，我一直没回过学校。史老师打过一次电话给我家长，不过那个家长电话，我留的是刘世业的。

后来刘世业打电话来告诉了我。

我问刘世业："你是怎么跟老师说的？"

刘世业说："我告诉老师我是你哥，你在家里照顾我，我瘫痪了。然后老师挺感动的，叫你早点回学校，另外找个人照顾我。"

我问："这样就完了？"

刘世业接着说："没完，你们老师跟我聊了很久，还一直叫我别放弃，也许哪天就站起来了。不过你不回学校是不行了，到时候瞒不下去，纸包不住火，你别连我一起害了。”

我在电话这边点点头：“嗯。”

老狗知道以后，跟我说：“回学校是对的，跟着我在这儿没前途。”

那个周末过后，我回到了学校。我回到学校的感觉就像我在车上打了个盹又清醒过来的感觉，恍如隔世。

我再看旁边的桌子，依然还在，再想起小小的时候，发现她什么样子我都不太记得了。唯一清晰的只是她和我牵手走在操场上的那个画面。

回到学校的第二个星期，晚上下课后和老狗在外面吃夜宵，老狗拿出一张银行卡——一张绿色的农行卡，他笑眯眯地告诉我，这些是他的积蓄。

我笑着说：“不如给我吧。”

老狗就真的把卡甩给了我，说：“那就放在你这儿吧。我等你们这个学期结束的时候再回家，到时候再来拿。”

我把卡装进了口袋里。

老狗又告诉我：“密码是我生日，你有时在学校没钱花，就自己取点吧。”

我看着老狗笑了笑。

此后那张卡被我放在宿舍的枕头里，几天后就忘记了。

那个学期末，史老师告诉我们："下个学期，你们就高三了。我就不带你们了，而且我也要离开这个镇子了。"

下面的同学纷纷表示不舍，有的也许是真心的，但基本上起哄的比较多。

然后史老师清了清喉咙，做了一个安静的手势，我知道按照史老师的风格，漫长而没有核心的演讲开始了。

史老师看着我们，理了理中分，说："在你们这个阶段，要做的就是花一分钟问自己一个问题：你这一生最想做什么？"史老师的眼睛扫视了一下迷茫的同学们，顿了一下，接着说，"然后花一天记住你问了这个问题以后脑海里出现的第一个想法。最后你再花一辈子去努力实现这个想法。"

说完之后下面默默无语。大家都看着老师，等待下一句话。

但最后史老师只是留下句"加油"，然后微笑着出了教室。教室里还是鸦雀无声，同学们第一次在老师走了以后，还能这么久地保持沉默。

然而在我问自己一生最想做什么的时候，脑海里却是一片空白。也许不是没有，可能是忘记了很久，要花时间回忆。小时候我是想做超人的，并且身边的人都是，当时我很生气，为了这件事，和身边的小伙伴吵架冷战再和好不下十次。不过后来出了圣斗士，争执就少了很多，大家一人要一个，不争了。然而七龙珠悄然兴起的那几年，为了成为孙悟空，大家又开始无休止地争论、切磋、翻脸、见家长。

这样的日子说快不快，说慢不慢，直到突然有一天，听到身边的人大喊“我要做超人，我是孙悟空”之类的话语时，在内心已经激不起一丝波澜，只是淡淡地在心里默念一句：傻×。

在超人、圣斗士、七龙珠渐行渐远的日子里，发现无忧无虑也开始渐行渐远。曾经要成为超人、圣斗士、孙悟空的那些孩子，不是推着眼镜埋头读书，就是在网吧征服另外一个世界，不然就是不知道自己要干什么，在学校、在校外，醉生梦死，行尸走肉。

然后当突然有一个声音问你：“你想做什么？”你就变得惊恐躲避，沉默不语。

小时候我的一个邻居，叫大牛，是看上去很像一头牛的一个人。电视上放港版《天龙八部》那几年，大牛意识到自己不能再这样苟活于世了，于是笼络了一群都看过《天龙八部》的孩子，我也在其中。大牛自封为丐帮帮主，说下面如果谁不服可以挑战他，成为新的帮主。我现在想起来他当时和老狗一样，也是个早期发育，所以没人敢挑战他。

大牛一一给队伍里所有人分配了角色，他自己做了乔峰，后来改成萧峰。而我的角色随着剧情发展先是游坦之，接着成了铁丑，最后成了庄聚贤。在《天龙八部》演到后半部分的那段时期，有一天，大牛来到我家里，把我约到了村子里的一个角落。大牛当着所有小伙伴告诉我："你现在是丐帮帮主了。"

我受宠若惊，那是我人生中的一个亮点。

接着大牛又说："所以我要用光明正大的挑战赢回我的帮主之位。"

我当时很忐忑，在思考怎么个挑战法。

只见大牛双手背在身后，说了一句："来吧。"他那天穿着一件已经跟不上他成长的衣服，让我感觉他格外强壮。

我一心想保住帮主的地位，点了点头。然后听见大牛大吼一声："降龙十八掌！"接着我被撞摔了几个跟头。

那天我很失败，几乎没有还手之力。当帮主还不到五分钟。回到家里，号啕大哭。

从那以后，我明白了，谁都想当英雄，可不是每个人都能当英雄的。后来大牛一家人离开了村子。前年过年再见到大牛的时候，他说他当兵去了。他跟我聊起了《天龙八部》那段日子，他告诉我，当时看到萧峰死的时候，他就明白了。

我问他明白了什么，他说谁都想当英雄，可是英雄不好当啊。

chapter 24

在之后的一个月，老狗一直没来找我，直到放假那天，我整理东西，才发现了那张银行卡。我突然觉得有点怪异，按说老狗这几天要回家了，为什么人影都不见一个。

我去到老狗的住处，发现门锁着，透过窗户缝隙看了很久，里面乱七八糟，也没有一个人影。最后我只能走了，不过心里却担心了起来。我想起了阿拳。

放假在家，也没有接到老狗的电话，看着手里的银行卡，我也一直没有去查过到底有多少钱。无意中我想起了老狗曾经留给我的一个电话，是他家隔壁的小卖部的。

我拨通电话，说找王一牛。过了一阵，听到的是一个妇女的声音，苍老又疲惫，有气无力地“喂”了一句。

我又强调了一次，我找王一牛。

电话那头说：“我是他妈妈。他不在。”声音中充满了悲凉。

我意识到不对劲，于是问：“他为什么不在？”老狗的妈妈过了许久，才回一句：“我也不知道。”然后电话就断了。

过了几天，我决定去镇上再找一次老狗。当我到镇上老狗的住处的时候，发现还是和上次一样。我跑到楼上，敲开了房东的门，问房东他们去哪了。

房东告诉我，前段时间，警察进去抓人，他们全被抓了。“不过听说有个黑黑壮壮的那天没在，没抓到。警察还叫我留意呢，他一回来就报警。”

我当时头脑一片空白，心里虽然早在猜想老狗可能出事了，但等猜想变成事实进入我耳朵的时候，还是接受不了。

我走了以后，骑着车漫无目的地在镇上乱逛。我知道黑黑壮壮没被抓到的那个人一定是老狗。我骑着车逛遍了我和老狗去过的地方，不过我觉得想找到他，是不可能的。最后我决定放弃了，摸口袋找烟的时候摸到了老狗的银行卡。我把卡片拿在手里，想着老狗现在的处境，突然觉得有点莫名的讽刺。

最后我决定去老狗家，就算没机会物归原主，也有机会物归原主他妈。

我开得很快，迎面而来的风吹得我几乎睁不开眼睛。到了老狗他们村口，我问门口一间摩托车修理店的老板，王一牛家在哪，老板指了指远处一间低矮昏暗的民房。我到了门口，往里面望去，门半开着，里面乱七八糟，安安静静，一个女人背对着门口坐在屋里，一动不动。偶尔听到几声咳嗽，是一个男人的声音，我想一定是老狗的父亲吧。

我静悄悄地把车停放好。走近老狗的母亲，我犹豫了一下，轻轻“喂”了一声。老狗的母亲依然背对着门口，全然没反应。我伸头看了看，原来她在凳子上睡着了。

我拿出银行卡，四下看了看，在不远处有个卖杂货的小店铺。我在那里借了纸和笔，回忆了一下老狗的生日，然后在纸上写：

密码是您儿子的生日，900817。

我用纸包着银行卡，走到老狗的母亲旁边。老狗的母亲双手并排放在大腿上，还在熟睡中。我把银行卡轻轻地卡在了老狗他母亲双手的缝隙中间。

银行卡里到底有多少钱，我到现在都不知道。够他母亲不用再帮别人擦鞋？又或者够把他父亲从病魔手里拉出来？我不知道。

当时已经黄昏，天边一片夸张的血红，笼罩了眼前的所有，我好像置身于一片血海之中。我骑上车，在风尘滚滚的路上行进，除了天空的颜色和耳边的风声以外，仿佛什么也感觉不到了。

在这条坑坑洼洼的路上，开着车一抖一抖的，震得我屁股发麻。开着开着，我的眼泪就止不住地开始往下掉。是路太坑洼把我的眼泪震了出来，还是风吹的？脑海里一个一个的画面浮起又沉下。紧接着我的大脑开始像放幻灯片一样，一个接一个的画面浮现出来。有我刚去上高中的时候，为了挤上车，和大家一起攀着车窗的情景；有在车上和老狗相识的画面，有老村长在路边站着笑；有阿金爷临死前破口大骂。我游走在现实和回忆之间，突然听到有人大喊一声："A仔！"

我下意识地转过头去，模模糊糊的什么都没看到。再转回头来的时候，我的车已经偏出了道路。前面竟然是一片密集的小树林，每棵树都长得很招摇，树杈长得到处都是，我心想，该刹车了吧。想完以后我已经撞进了树林里。我感觉到我的车撞到了树上，接着人也撞在了树上，车滑得比人远。

一阵剧痛让我感觉昏昏沉沉的，一摸头，湿了，还很黏。我躺在地上，翻动了两下，眼睛就开始模糊了。我看见远处的一个黑点越来越大，往我这个方向赶来，有一个黑黑壮壮的身影，笼罩在一片血红里，整张脸就看得到眼白。接着，我觉得我睡了过去。

chapter 25

我再醒来的时候，感觉还一抖一抖的，只是很慢，我知道我在老狗的背上。天空不红了，黑漆漆的。我听见了若有若无的抽泣声。

我昏昏沉沉地趴在老狗后背上，过了一阵老狗开始边哭边自言自语：如果我不喊你一声，你就不会出事了。我有气无力地笑了笑。一会老狗又说：这是报应，当初我去揭发阿拳，现在到我了。我想起和老狗一起看完阿拳的时候，老狗对我说：我很内疚。最后老狗说：我爸还躺在床上，我只是想要钱。我脑海中浮现出了老狗他母亲醒来发现那张卡的情景，安心了许多。

接着老狗开始讲自己的童年，听得我更加昏沉了，然后渐渐衔接到了初中，我感觉两眼一黑，又晕了过去。再醒来的时候，整条路都安安静静的，只有老狗的喘息和脚步声。我看到了熟悉的马路，快到我们村子了。临近我们村口的时候，老狗将我放了下来，凑到我面前，直勾勾地看着我，我也直勾勾地看着他。老狗表情顿时紧张起来，毫无征兆地一巴掌拍在我脸上，我眼冒金星，还没反应过来，他又抓着我的衣领用力摇我。我被老狗突如其来的行为弄得一口气没接上来，用力咳嗽起来。老狗愣了一下，放开了我衣领，缓缓说了句："你没死啊。"

我摇了摇头，老狗笑了起来，然后我也笑了。老狗说："在这等着，我去买瓶水给你，顺便叫那小卖部里的人把你扶回家去。"然后向马路对面跑去。

我看着老狗渐渐消失在夜间的雾气里，看着村口那个灯光昏暗的小卖部。我一直很好奇，这个几乎没车经过的地方，修这么宽的路是为了什么。这条路上满是尘土，但是因为车走得少，几乎积成了一个沙滩。

我听见远处有什么在响，我眯着眼睛用力看去，像一辆车，又好像什么都没有。这条路没有路灯，并且经常有大雾。刚刚有声响的方向却突然亮了起来，我抬头顺势望去的一瞬间，听到了一阵急促的刹车和一声沉闷的撞击声。

我在原地愣了一下，突然意识到不好，这时一瓶已经裂开的矿泉水带着“沙沙”的声响滚了过来，随后就听到了车门开关的声音，和我熟悉的小卖部老板的声音：“雾这么大，你还开这么快啊。你不要命了。”“快把人送医院吧！流了这么多血。”

我站起身，跌跌撞撞地跑了过去，发现老狗正倒在血泊里。我终于明白什么叫祸不单行了。没有人理会我，两个人抬起老狗放上了车，小卖部老板看到我，上下扫了我两眼：“你没事吧，还能走吧，自己回家去。”接着上了卡车，卡车掉了头，渐渐消失在雾气里。

我跟自己说老狗身强体壮一定会没事的，泪水却开始一滴一滴地掉下来。我看到了家里的房顶，我经过一间房子，听见里面的小女孩在读书或者朗诵：蓝蓝的天上小小的鸟，青青的河里小小的鱼；鸟儿永不停歇地飞翔，却到不了天的尽头；鱼儿永不停歇地遨游，却跃不出窄窄的河床……

是五岁的陈小菊还是七岁的居小晨，我不记得了。只知道他们的名字都是小×，×小×是女孩子最爱的名字。我的小表妹曾经在我耳边发誓一定要改个×小×的名字。我堂哥刘世业也曾经有个刘小×的小名。想着想着，我就到了家门口。我站了一会，大喊一声：我回来了。然后就倒下了。

chapter 26

我醒过来的时候，堂哥告诉我，我头上缝了六针，而且还有轻微的脑震荡，但没什么大碍。我走出家门的时候，已经是第三天了。村里的人都在讨论前几天在村口一个少年被撞死的事情。我走到村口，在老狗倒下的地方，抓了一把沙子放进口袋里，后来这把沙子被我放在家里的一个玻璃瓶中，那个瓶子曾经是个装辣椒酱的瓶子。我在村门默默地站了很久，大概有三个小时，数了数过往车辆，一共两辆，平均每小时零点六辆。我不知道是老狗偏偏撞上了这车，还是这车偏偏撞上了老狗。

高三开学那年开了次大型的家长会。我父母得知我在学校的表现后，毅然决然把我送到了市里的高中，并且住在外婆家。临走前，老村长来送行，叮嘱我考个大学回来做村长。只是后来，我们全家都搬到了市里。

值得一提的是，在市里的高中，我遇到了小小，并且同班。不值一提的是，她每天放学会含着一根棒棒糖，和一个男的牵手回家。刚开始，我习惯性地把那瓶沙子拿出来，和老狗一起鄙视这对狗男女。但是后来我释怀了，毕竟没有刻骨铭心。

我渐渐对很多东西都释怀了，比如说没做成超人，没变成孙悟空，甚至曾经被大牛夺回丐帮帮主这件事。然而却对老狗的死无法释怀。当初我该劝他别诈骗？我那天不该去找他妈？我假设了很多种情况，发现他都能活下来。我深知当一个人只能在如果里活下来的时候，那他一定已经死在了现实里。

在那之后两年，我决定回去看一下老狗的父母。我骑着车走在那条熟悉的路上，经过我摔车的地方，发现树木完好如初。到了老狗他们村口的时候，我没问路就直奔老狗家去了。到了他家门口，我发现门开着，屋里没有人。我停好车子，周围看了一圈，听到屋后有说话的声音。我走了过去，看到一个大着肚子的女人，和一个衣着朴素的男人。那女人我记得，是老狗的母亲；那男人没见过，但是和老狗长得很像。我直勾勾地看着他们，他们也诧异地看着我。

那男人开口问道："你找人？"语气给人感觉精神不错。

我愣了一下，笑着摇了摇头说："走错地方了。不好意思。"

然后他们又继续自顾自地说话，不再理会我。我盯着老狗他母亲的大肚子，心想是老狗的弟弟还是妹妹。如果是妹妹，会不会取一个王小×之类的名字？如果是弟弟，会不会是王一虎之类的名字？

我走回屋门口，把一些带来的水果饼干之类的放在了门口，又从摩托车后面的箱子把那个玻璃瓶拿了出来，也放在了老狗家门口。

我骑上车，走在那条不再坑洼的路上。我在心里问老狗：你看到没？过了一会儿，又骂了一句：死小子，不理我。

自此之后，我对老狗的死，彻底释怀了。

到了刘世业奔三的年纪，他决定不再失业下去了。他找了一份开卡车送货的工作，后来辞掉了，换了一份骑摩托车送货的工作。他告诉我开始追求物质生活的同时，也绝对不放弃对精神生活的坚持。他每天骑着摩托车，两点一线，偶尔开到岔路上，多跑两圈再回去。

刘世业出来工作以后，渐渐发现没文化是很可怕的，于是也开始和一些工友讨论些学术问题，我曾经听到过一次。刘世业和身边的工友那天在争吵，刘世业坚持说灯泡是牛顿发明的，而工友认为是爱因斯坦。刘世业想了一下，哈哈大笑，说："爱因斯坦是发现万有引力的人！连这个都不懂！"工友也笑了："爱因斯坦发现了万有引力，那爱迪生干什么去了？"刘世业又思考了一下说："你还是错了，爱迪生是发明蒸汽机的！"最后谁也没有说服谁。

他们认识的人其实不少，讨论到最后，瓦特、苏格拉底、康德、柏拉图都被牵扯了进去，只是瓦特在他们的认知里是个思想家，苏格拉底是希腊众神中的一个，康德和柏拉图都是古罗马皇帝。

chapter 27

那之后三年，刘世业开了个修车行，只修摩托车，还兼做改装和保养；而我去了更远的地方。临走前，我坐在车窗旁边，在车里看着两旁一路倒退的事物，一个一个的路灯在身后一动不动，矗立着，低垂着头，就像你生命中的东西在向你道别一样，好像告诉你：它永远在这里，而你一直向前了。

然后你渐行渐远，不知道是你抛弃了它们，还是时间抛弃了它们。

[end]

A Young Fellow

里则林

1990 年出生，现居北京
青年作家
微博 @ 里则林

「一个」App 高赞作品

《你去了英国》
《像风一样自由》
《像空气，像大地》
《我的王国》

已出版作品

《像狗一样奔跑》

果麦 更好的精神食粮

A仔故事

产品经理 | 孙小手　　装帧设计 | Mirro
媒介推广 | 景诗佳　　插　　画 | 咻咻工作室
　　　　　 孔　言　　策 划 人 | 吴　畏

新浪微博：@果麦文化　微信公众号：果麦文化

图书在版编目(CIP)数据

A仔故事 / 里则林著. -- 杭州 : 浙江文艺出版社, 2016.8

ISBN 978-7-5339-4581-7

Ⅰ. ①A… Ⅱ. ①里… Ⅲ. ①中篇小说—中国—当代 Ⅳ. ①I247.5

中国版本图书馆CIP数据核字(2016)第182229号

责任编辑 金荣良
特约编辑 孙小手
装帧设计 Mirro

A仔故事
里则林 著

出版 浙江出版联合集团 浙江文艺出版社

地址 杭州市体育场路347号 邮编 310006
网址 www.zjwycbs.cn
经销 浙江省新华书店集团有限公司
印刷 北京华联印刷有限公司
开本 880mm × 1230mm 1/32
字数 69千字
印张 4
印数 1-40,000
插页 4
版次 2016年8月第1版 2016年8月第1次印刷
书号 978-7-5339-4581-7
定价 36.00元